Für E.

Daniel Wöhl

Billy

 tredition

© 2025 Daniel Wöhl
Umschlag, Illustration: Edition Elsner
Avenue de la Renaissance 11, 1000 Brüssel Belgien
EditionElsner@me.com

Druck und Distribution im Auftrag des Autors
tredition GmbH, Halenreie 40-44, 22359 Hamburg,
Deutschland

ISBN
Paperback   978-3-384-57553-1

Kapitel 1

Ich dachte dies wird kein guter Tag. Und wenn ich recht hab' hab' ich recht. Ich war morgens am Hafen. Hatte Schicht. Wartete noch. Schaute auf meine Hände. Ein paar Tropfen. Es regnete. Aber nicht richtig. An diesem Tag war nichts richtig. Meine Hände sind ziemlich groß. Platz für ne Tätowierung. Ein Drachen. Mit einem D. Auf ihn wartete ich. Dave.

Als er kam schlug er mir auf den Rücken. Wie immer. Lachte. Wie immer. In der Hand die Aufträge für den heutigen Tag. Dave ist mein Drachentöter. Mein Bruder. Mein Vater. Im schwarzen Gummioverall. Gummistiefel. Baseballkappe. Mit ihm war Billy. Billy war sein Sohn. Also auch mein Sohn. 8 Jahre alt. Eigentlich solls'te keine Kinder mit auf Arbeit haben. Aber Billy war kein Kind. War schon ein Großer. Schwarzer Gummioverall. Gummistiefel. Baseballkappe. Verstehs'te.

Wir sperrten die Halle auf. Ich schaltete den Strom an. Dave schaltete sie an. So machten wir das. Sie, das war unsere Maschine, zum Eisen zuschneiden, schleifen, polieren. Unser Drachen. Mit Eisenzacken. Eisenschwanz. Aber Dave hatte sie im Griff. Sie und die Aufträge. Dave hatte sie heute Morgen geholt, wie immer, von Herrn Zimmermann, das ist unser Chef. Wir lieferten Eisenstangen, unterschiedliche Längen, Verarbeitungen, Formen. Jeden

Abend nahm ich die erledigten Aufträge, ging beim Haus vom Chef vorbei und warf sie in den Briefkasten. Ab und an schaute er bei uns nach dem Rechten, war aber schon lange nicht mehr da gewesen. Mittwoch und Freitag kam ein Lkw und lieferte die Stangen aus. So machten wir das, hier.

Wir sahen kurz auf die Aufträge, dann legten wir los.

Ich ging raus und holte die erste Eisenstange. Dann die zweite. Dann die nächste. Es regnete jetzt stärker. Billy half mir mit der Stange bis zur Halle. Wenn es regnet, bleibt man nicht draußen stehen, hatte meine Mutter immer gesagt. Aber Billy musste draußen bleiben. Durfte nicht in die Halle. So machten wir das. Versteh'ste.

Billy lief mir immer entgegen. Aber sah mich erst spät. Merkte ich bald. Aber nicht Dave. Brauchte ne Brille. Nicht mit Dave. Brillenträger, Anzugträger. Brauchen wir nicht. Nicht für Billy. Nich' hier.

Sie kamen gegen acht Uhr. Ein großer schwarzer Wagen rollte zur Lagerhalle. Durch alle Pfützen, alle Schlaglöcher. Sie waren nicht von hier, kannten sie nicht. Wir kannten sie nicht. Der Wagen wendete und hielt vor der Lagerhalle. Zwei Männer stiegen aus. Im schwarzen Mantel. Ein Großer und ein Kleinerer. Sie sahen sich um, gingen vor der Halle umher. Sie rochen nach Schuhwachs, nicht wie wir, nach Maschinenöl. Ich blieb nicht da, bei Dave. Ich holte die nächste Eisenstange.

Dann kam ich wieder. Mit einer Eisenstange. Billy wartete vor der Halle. Warum war ich gegangen. Dave lief gerade zu den beiden. Ich sah beide nur von schräg hinten. Der größere der beiden stand jetzt mit einem schwarzen Gerät in der Halle, hielt es auf verschiedene Ecken der Halle, an den Wänden tauchten rote Punkte auf. Ein Entfernungsmesser. Der andere stand daneben, trug die Daten auf einer Art Karte ein, und passte auf. Warum vermessen die unsere Halle? Um sie uns später wegzunehmen? Ich verstand das nicht. Damals.

Dave hatte sie angeschrien, was sie da machen. Vergebens. Dann war er auf sie zugegangen. Von der Maschine weggegangen. Machen wir hier nicht. Wir lassen den Drachen nicht allein. Is' gefährlich.

Dave ging also auf die Beiden zu. Allein auf beide. Der eine versuchte Dave zu beschwichtigen, der Größere machte einfach weiter, er war wohl fast fertig. Was sie schrien verstand ich nicht. „Dave" schrie ich. Doch Dave hörte nicht. Dave versuchte dann dem Größeren den Entfernungsmesser abzunehmen. Packte seinen Arm, versuchte ihm das Kästchen zu entwinden, doch der ließ nicht locker. Rote Punkte gingen auf und ab an den Hallenwänden. Zuckten. Wie Blitze. Wenn es regnet, bleibt man nicht draußen stehen, hatte meine Mutter immer gesagt. Aber was wenn der Regen in die Halle kommt?

Ich ließ die Stange fallen. Fing an zu laufen. Zu Dave. Zu den beiden. Breitete meine Arme aus. Wie

Flügel. Aber zu spät. Der Größere hatte sich von Dave losgerissen. Drehte sich um, kurz sah ich sein Gesicht. Sie liefen aus der Halle, sprangen dann in ihren Wagen, der Größere auf der Fahrerseite. Ich rannte hinterher. Dave blieb kurz stehen und schaute Richtung Drachen, erst dann lief auch er zum Ausgang. Nur ich sah es. Der schwarze Wagen stieß zurück, hielt kurz. Wie wenn Du beim Parken auf ´nen Stempen fährst, danach in den Rückspiegel schaust. Dann brauste er weg, durch alle Pfützen, alle Schlaglöcher. Ich lief. Hin wo der Wagen vorher stand. Schwarzer Overall, Gummistiefel, Baseball-kappe. Stand immer vor der Halle. Lag nun auf'm Boden. Stand nich' mehr auf. Billy.

Kapitel 2

Was is'? fragte Maria, meine Frau. Du iss' nich'.

Is' nich', sagte ich. Dann sagten wir eine Weile nichts.

Is' nich', dachte ich auch. Weisste wieder alles, dachte ich. S' gibt schon genug, die immer wissen was gut ist für mich. Politiker, wissen jetzt Ivecodiesel ist zu schmutzig, wollen se verbieten. Dreißig Jahre lang war's sauber genug. Meine Mutter, weiß ich arbeite zu viel. Weiß gar nicht wie viel ich arbeite. Meine Frau. Weiß, dass Wurst nich' gesund ist. Dass was ist. Dass ich reden soll. Von damals.

Leberwurst, sagte ich.

Gibs' nicht, sagte sie.

Immer vergisste die Leberwurst, sagte ich.

Nich' immer, sagte sie, dann war'n wir still. Sassen da. Wir. Beleidigt. Leberwurst. Als ob es daran lag, dass ich nichts essen wollte. Damals.

Damals. Ronny, was hast Du danach gemacht? Was hast Du gedacht?

Scheiße, habe ich damals gedacht. Hingerannt bin ich. Meinen Mund an seinen. Reingeblasen, dann gepumpt. Aber sein Atem war weg.

Ich hab ihm den Overall weggerissen, sein kariertes Hemd, sein Leibchen. Mit mein' großen Händen.

Auf seiner Brust. 'n Reifenabdruck. Der Brustkorb eingedrückt. Rippen nicht mehr da. Ich fühlte ein' Riss in meiner Brust. Als fehlte mir selbst eine Rippe.

Dann war Dave da. Kniete neben mir. Sah ihn an. Hielt seine Hand. Fühlte seinen Puls. Dann stand er auf. Und ging weg. Ließ uns allein.

Vielleicht stimmt das jetzt nicht. Aber ich glaube er rief noch Nich' Deine Schuld. Bist nicht der Hüter meines Kindes. Nee, bin ich nicht. sagte ich. Bin ich?

Der Rettungssanitäter kam, ein junger Mann. Einer wie Billy werden konnte. Er ging zu Billy, fühlte seinen Puls, kontrollierte. Hatte schon seine Richtigkeit. Damit war's ordentlich festgestellt. Reichte mir die Hand, sagte es tut ihm leid. Glaubte wohl ich bin sein Vater. Ich sah auf meine Hand, mein Tattoo. Stimmte ja auch irgendwie.

Als der Streifenwagen kam, war Dave wieder zurück bei uns. Der Streifenwagen hielt an. Fast dort wo vorher der Wagen stand. Ein Polizeiinspektor stieg langsam aus. Er war Mitte Dreißig. Hielt seine Knollennase in verschiedene Richtungen, als ob er prüfen wollte wo der Wind herkam. Das war das Schöne am Hafen. Es stank immer ein wenig, aber es ging auch immer Wind. Wohl 'n Unfall, murmelte er leise. Aber hat keiner was gesehn? sagte er dann lauter. Dave schluckte. Ging alles sehr schnell, sagte ich. Er drehte langsam den Kopf zu mir. Dann ging Dave wieder in die Halle, zur Maschine. Und ich sah auf seine Knubbelnase, ein langes Nasenhaar, sonst hatte er kaum Haare. Sein Haarausfall war recht schnell passiert, alles andere brauchte wohl seine Zeit.

Er sagte mir er war gerade auf Streife in der Gegend. Ich erzählte ihm an was ich mich erinnern konnte. Zwei schwarze Männer. Der eine jung, lang. Der andere älter, kleiner. In einem schwarzen Wagen. Das Nummernschild endete mit 321. 3 2 1?, wiederholte er. Ja, 321. sagte ich. Wir waren 3 sind jetzt 2, dachte ich. Denkste.

Auch ein örtlicher Schreiberling stakste jetzt herum, halblange Haare, Hornbrille. Versuchte jeden nach was zu fragen, versuchte Fotos zu machen, von Billy! Ich hielt ihn weg, so gut es ging.

Dann kam Verstärkung. Der Unfallort wurde abgesperrt, mit einem weiß-roten Band, wie eine Baustelle. Männer in weißen Overalls begannen Spuren zu sichern. Ich hatte genug. Und ging nach Hause.

***

Zum Begräbnis holte ich Mutter. Sie wohnt in ner Siedlung, am Stadtrand. Zwei kleine Zimmer, eins zum Schlafen, eins zum Leben. Junge, sagte sie, ich bin gleich so weit. Ich nicht, dachte ich und wartete auf sie im Wohnzimmer. Schaute auf das Bild an der Wand. Vater. Breite Stirn. Verließ uns als ich fünf war. Aufrechter Blick. Ist aber immer noch mit uns. sagt Mutter.

Mutter kam zurück. Schwarzer Rock, schwarzer Hut. Dann gingen wir los.

Ans Begräbnis kann ich mich nur zum Teil erinnern. Wir standen. Vor einer kleinen Grube. Ein schmaler Grabstein. Nur die Blumenkränze groß, wie Autoreifen. `s war schon ein großes Ding gewesen, das mit Billy. Die halbe Nachbarschaft hatte mich bemitleidet, gebeileidet, wollte alles wissen. Dave hatte fast keiner geseh'n, und wann die Beerdigung ist sagte ich auch keinem von denen. Die örtlichen Zeitungen und Lokalfernsehen hatten wir von uns ferngehalten. Billy war uns.

Sie ließen den Sarg hinab. Klein, schmal. Schwarz. Wie sein Overall. War von einem Bekannten, war Schreiner, ihm fehlte ein Finger. Mir eine Rippe.

Der Pfarrer redete. Die Wege des Herrn sind verschlungen. Die Straße des Lebens.. Lenkt und ..

Mein Blick wanderte umher. ´S waren nicht viele, aber alle waren sie da. Dave, gebeugt, ganz nahe, an der Grube. Daneben Thea, seine Frau. Mit roter Nase, Taschentuch. Und Pelz. Hat ihr wohl einer neulich gut Trinkgeld gegeben, sie ist Bardame. Neben ihr Maria, meine Frau. Die daneben kannte ich nicht, wohl Verwandte von Dave und Thea. Dann Ernie, ist Schrotthändler, neben unserer Arbeitsstätte. Und Arnie, bei dem wir abends einen trinken. Ein wenig weiter weg Herr Zimmermann, ihm gehört die Lagerhalle. Rotes Gesicht, Haarkranz, Schnurrbart. Er ist schon in Ordnung, hatte mir gleich die Hand fest gedrückt.

Der Pfarrer redete weiter. Besonders schmerzlich ist es, wenn der Ruf uns früh ereilt. Er war erst ein Kind.

Nein, schrie es in mir. War schon'n Großer.

Ich legte eine Hand auf den Sarg. Billy, jetzt biste hier, dachte ich. Aber nich' einfach so. Dann liefen meine Gedanken mit mir davon.

Kapitel 3

Danach auf Arbeit versuchten wir es wie früher. Dave kam morgens, haute mir auf den Rücken. Aber er lachte nicht, sagte nichts. Schwarzer Overall, schwarze Stiefel, Baseballkappe. Aber nur er, alleine.

Unsere Halle stand weiter da, Dach aus Wellblech, dann Beton und die blaue, verrostete Eingangstür. Drinnen unser Drachen. Vor der Halle schwappte weiter das Wasser, träge, braun. Leise Pumpgeräusche, ab und an ein Schlepper und es roch ein wenig nach Pisse. War aber nicht schlimm, am Hafen war immer ein wenig Wind. Der brachte auf einmal neue Geräusche, ich ignorierte sie.

Der Rest war bald weg. Das weiß-rote Band war bald verschwunden, wie auch die Polizei. Ich hab' die Stelle geputzt, wo Billy lag, gewischt, geschrubbt, aber irgendwie blieb immer was zurück.

Hab' weiter die Eisenstangen in die Halle geschleppt, eine nach der anderen. Bis vor der Lagerhalle ging's immer leichter, irgendwie hat mir Billy weiter beim Tragen geholfen. Hatte das Gefühl, dass auch weniger Aufträge wurde, auch daher ging es leichter.

Ich war noch mal bei der örtlichen Polizeistelle, habe nachgefragt, schwarzer Wagen, Nummernschild, 321. Gibt es nich', ham' sie mir gesagt. So ne Nummer will doch jeder, ham' sie gesagt. Ich hab' nich' lockergelassen. Gibt nur eine so 'ne Nummber, ham' sie schließlich gesagt. Von der Nichte von dem Angestellten der hier die Nummern vergibt. Is' ein weißer Polo. Und wir können ja nich' jed'n schwarzen Wagen überprüfen, ham' sie mir gesagt.

Ich bin dann wieder zur Lagerhalle, hab' weiter Stangen angeschleppt. Und Dave hat sie zugeschnitten, mit dem Drachen. Hat se geschliffen, geschnitten, poliert. So machten wir das. Nur weiter.

Sonst noch was? Ach ja. In der Mittagspause wickelte ich meine Stulle aus und erschrak. Auf dem Zeitungspapier, in das Maria meine Stulle einwickelte, stand rechts oben: Kind (8 J.) tot am alten Hafen – Wie lange noch?

Tja, wie lange noch? Ich warf die Zeitung ins Wasser, sie ging schnell unter.

Um fünf machen wir Schluss. Dave ist schnell weg. Ich bin das Gelände abgegangen. Es hatte geregnet. Nicht mal mehr Reifenspuren. Bin dann zu den Nachbarn. Richtige Nachbarn ham wir nicht. Links neben uns sind zwei seit kurzem leere Betriebshallen, weiter voran geht's in Taiwan, hatte mir einer der Arbeiter gesagt, bevor sie nicht mehr kamen. Lohnt sich alles nicht mehr so richtig hier, gibt immer weniger Arbeit hier, das war man so hörte. Aber ich hörte da nicht hin.

Drei Häuser weiter ist Bernie. Er ist nicht sehr groß, ziemlich rund, grauer Bart, blaue Kappe. Bernie handelt mit Schrott. Wennste was suchst oder loswerde willst gehste erst zu Bernie, sagte er immer zu die Leut'. Er war schon in Ordnung, aber beim Suchen helfen konnte er mir an diesem Abend nicht. Als ich ihn über den Maschendrahtzaun fragte von wem wohl der Wagen war sagte er nur Sind nich' von hier, als ob ich das nicht selber wüsste. Auch für Maria war ich wohl nicht hier, eher weit voran, in Taiwan. Am Abend redete und aß ich kaum. Dabei hatte sie Leberwurst gekauft.

Kapitel 4

Am nächsten Tag quatschte Dave nicht mehr mit mir. Nicht mehr morgens wenn er kam und mir sonst von Fußball erzählte, nicht mehr wenn wir Pause machten und er ein wenig über seine Alte motzte, kein freundliches Wort wenn ich ihm eine Eisenstange brachte. Er schaute vor sich hin und tat seine Arbeit. Wird schon wieder werden, dachte ich, kramte in einer alten Holzkiste am Ende der Halle und fand ein verstaubtes Transistorradio mit Kassettenrekorder. Ich fand einen Oldiesender, früher war ja alles besser, stellte das Radio ungefähr dort in die Halle wo ich ihm immer die Eisenstange übergab, und arbeitete weiter. Der Oldiesender spielte und übertönte Lärm, einige Grundstücke weiter, wie von einem Bagger. War zur Zeit nicht so viel los, auf Arbeit, gab mir Zeit ein wenig nach Hinweisen zu suchen.

Auf Mittag ging ich weiter die Gegend ab, vielleicht hat ja jemand was gesehen. Schön war sie ja nich', die Gegend hier, aber es war meine. Die Uferstraße war mal geteert worden, wegen der Lkws, gab keinen Bürgersteig. Aber alte Bierdosen. Reste von Plastiktüten. Ab und an eine Ratte, oder ein Gullyloch. Und der Geruch, wie altes Essen und immer wieder nach Pisse. Zwischen den Gebäuden, meist Wellblechlagerhallen, konnte man immer wieder das Wasser sehen. Gleich neben uns war sogar ein Stück Uferpromenade, mit einer Holzbank und Molen. Nur das da kaum jemand promenierte. Früher war mehr los, jetzt hörte man nur mehr selten Betriebsgeräusche. Ich kannte keinen mehr und keiner kannte Billy.

Am Anfang ging ich vorbei beim Haus neben uns, es war vor der Uferpromenade. Ich beeilte mich, wollte eigentlich eh' nicht, war nur wegen Maria. Ein Mehrfamilienmietshaus, man musste aufpassen denn manchmal fielen Schindeln vom Dach, in der Fassade waren Risse. Der einzige der angeblich noch dort wohnte war ein alter Rentner, den niemand sah und der keinen sehen wollte, angeblich gehörte ihm das Haus. Auch ich sah ihn nicht, ich klingelte umsonst, im Briefkasten war Reklame wie von zwei Monaten. Ich nahm einen Prospekt für Maria mit.

Gegen Ende der Straße war mehr Lärm. Da waren mal große Lagerhallen. Jetzt zwei Gelände abgesperrt. Mit rot-weißen Bändern. Zur Straße hin

Bauzaun, Drahtgitter mit Betonsockel. Ein großer Bagger, gräbt das Gelände um. Sandhaufen. Ein paar Bauarbeiter. Schmutzige Jeans, karierte offene Hemden, einer nur im Unterhemd. Nicht viele. Noch nicht.

Nach Arbeit gingen wie jeden Donnerstag ein paar Häuser weiter. Einen trinken. Bei Arnie. Durch das große Garagentor, vorbei an schwarzen unverputzten Kabeln nach hinten zu den zusammengebundenen Getränkekästen, darauf ein Brett, das war die Theke. Davor ein paar umgestülpte Regentonnen. Ich ging zu den Getränkepaletten links, nahm zwei Bier und setzte mich auf die linke Tonne. Arnie hatte eigentlich einen Getränkemarkt, keine Kneipe, aber es war nah und billig. Nach Arbeit waren hier früher viele vom Hafengelände, jetzt immer weniger, oder schon tagsüber. Einer sagte neulich zu mir, dass auch bei uns nicht mehr lange gehen würde. Quatsch, sagte ich, haben ja Aufträge. Dass es immer weniger wurden, sagte ich ihm nich'.

Dave setzte sich neben mich und trank das zweite Bier in einem Zug. Vor die Tonne daneben stellte Arnie wie immer ein Glas Orangensaft.

Nie saß jemand mit uns als Billy auf der dritten Tonne.

Denkste.

Auf einmal rückte jemand die Tonne und saß neben uns. Sah' nich' aus wie Billy. Mittelgroß, breites Kreuz, gegerbte Haut. Ich sagte lieber weiter nichts.

Ließ seinen Blaumannhintern auf die Tonne plumpsen. Plumm. Öffnete eine große Dose Bier. Plopp.
Schob dann den Orangensaft Richtung Dave und
zwinkerte ihm zu. Drückte seine Dose an die von
Dave und trank sie aus. Mit einem Schluck. Dave
schaute weiterhin gerade aus. Mir wurde es zu viel.

„Biste wohl neu hier? Erstes Mal hier?" fragte ich
ihn. „Kenn Dir auch nich'." erwiderte er knapp und
öffnete seine zweite Bierdose. „Durst haste wohl"
sage ich.

„Kommt von die Sandkastenspiele" sagte er. Ich
sah auf seinen Hosenbund, ein gelber Helm war
eingehakt, auf dem stand HKM. „Gehörste wohl zu
denen?" tat ich wissend. „Wie bald die ganze Stadt"
erwiderte er trocken, spülte seine Kehle dann gleich
wieder. Dave zuckte ein wenig, sonst war hier nur
wir. Ich drehte mich wieder zu Dave und wir
schwiegen wieder gemeinsam.

Am Abend las ich ein dickes Buch. Das Telefonbuch. Wir sind 'ne große Stadt. Viele mit H. Auf einmal sah ich es. HKM. Heinz-Klaus Manninger. Sogar mit Anzeige im Telefonbuch. Ein grauhaariger
Herr, Anzug mit Einstecktuch, Malerweißezähne,
Schnurrbart. Darunter „Wir können Immobilien"
und eine geschwungene Unterschrift. Heinz-Klaus
Manninger.

Kapitel 5

Am Tag darauf arbeiteten wir weiter. Dave sagte weiter nichts. Das Radio spielte Oldies, manchmal kamen Nachrichten. Der Drachen verkleinerte weiter Eisenstangen. Ich schleppte weiter Nachschub. Dave hatte Bartstoppel.

In der Mittagspause packte ich meine Stulle aus, von Maria. In altem Zeitungspapier. Zwei Scheiben Brot. Mit Leberwurst. Langsam übertreibt sie. Aus der Innentasche meines Overalls nehme ich eine herausgerissene Telefonbuchseite. Ich sehe ihn mir noch mal an. Heinz-Klaus Manninger. HKM. Er erinnerte mich an jemand. Mir wurde ganz kalt.

Dann stand Dave auf, ich stopfte das Papier in die Hosentasche meines Overalls und schleppte wieder Eisenstangen. Billy hilft mir weiter beim Tragen, geht mit mir bis zur Halle, nimmt dann die Baseballkappe ab, wartet. Ich will Dave das erzählen, tue es dann aber nicht.

Am Abend besuchte ich Herrn Manninger. Er erwartete mich zwar nicht. War aber vielleicht auch besser so. Die Adresse war auch am Wasser, nur in der feinen Gegend. Ein ziemlicher Klotz, hellgrauer Granit, verspiegelte Außenwand. Oben bei der letzten Fensterzeile große schwarze Buchstaben. HKM.

In der Eingangshalle fragte mich eine Dame im weißen Kostüm: Haben Sie einen Termin, oder eine Immobilie? Ehrlich hält am Längsten, sagt meine Mutter. Denkste. Ganz schnell war ich wieder draußen. Dabei musste ich ganz dringend. Ich kletterte über die Mauer hinter dem Haus. Auf der anderen Seite standen ein Dutzend neue Limousinen. Hellgrau. Silber. Weiß. Vielleicht ist er auch noch Autohändler, dachte ich. Da sah ich ihn. Der große schwarze Wagen. Frisch gewaschen, ganz ohne Uferschlamm. Auch das Nummernschild war jetzt ganz sauber, ohne Drecksspritzer. Es endete auf 327.

Kapitel 6

Der Richter döselte vor sich hin. Roter Kopf, kaum Haare. Eckige Metallbrille. Neben ihm zwei Laienrichter, wohl gutsituierte Hausfrauen. Dann hob er den Kopf wieder in Richtung Zeugenstand.

Dave und ich waren schon dran gewesen, saßen nun auf der Zuschauerbank. Es roch nach altem Papier. Ich hatte meinen Anzug an, Schulabgangsanzug, er kneifte und ich versuchte nicht zu tief einzuatmen. Eine rote Krawatte baumelte bis zum Bauchnabel. Dave hatte seinen schwarzen Anzug an, wie bei der Beerdigung.

Die Polizei hatte damals widerwillig den Wagen beschlagnahmt. Jetzt war gerade der Polizeiinspektor mit der Knollennase dran.

„War wohl'n Versehen" sagte er. „Glaube nicht, dass der Fahrer was gemerkt hat." sagte er. „Nur er – er deutete auf mich – hatte was gesehen, war nicht viel. Konnte die beiden kaum beschreiben." sagte er. Ich scharrte unruhig mit den Füßen. „Was für ein Unglück, das da passierte. Aber wenn sie mich fragen, war das auch kein Gelände für so ´nen Jungen." sagte er. Dann zupfte er ein wenig an seiner Nase, strich über die fehlenden Haare und setzte sich wieder. Wären wir nicht im Gericht wäre ihm jetzt auch ein Unglück passiert. Was für ein fauler Idiot.

Bei meiner Vernehmung sagte ich zum Richter „Ist doch merkwürdig, dass der Wagen neue Reifen hat."

„Nicht wirklich" sagte der „sind ja Winterreifen." Dabei schneit es hier frühestens Ende November. Weiß der Richter wohl nicht, arbeitet ja von zu Hause. Weiß ich doch, bin ja jeden Tag draußen. So wie ein Immobilienmakler.

So wie der Halter des Wagens, der große schlanke Mann, der der damals in der Halle stand. Karl-Heinz Manninger Junior wie ich heute erfuhr. Jetzt saß er links. Neben ihm der kleinere, untersetzte Mann.

„Der war es. Irgendwas ist jetzt ein wenig anders an ihm. Aber der war's" hatte ich auch zu dem Richter gesagt.

„Der Wagen hat kurz angehalten, stieß dann schnell zurück." hatte ich auch zu dem Richter gesagt. Der blickte dann auf seine Akte und sagte „Das muss ja damals bestimmt ein ziemlicher Schock für sie gewesen sein, und ist ja auch schon wieder länger her." Dann blickte er wieder in seine Akten, also ob das Ergebnis da schon drinnen stand.

Mittlerweile befragte der Richter eine ältere Dame, die gerade ein Staubkorn von ihrem grünen Kostüm strich.

„Ja, er war an diesem Tag bei mir gewesen." sagte sie und deutete auf den großen schlanken Mann.

„Um Punkt 10 Uhr. Bis ca. 11 Uhr. Wie schriftlich angekündigt." Sie hob einen Brief hoch, ihre graue Naturwelle mit Blaustich wackelte ein wenig. „Und Pünklichkeit ist mir wichtig. Er war mit seinem Geschäftspartner", sie deutete auf den kleineren Mann neben ihm, „der häufiger vor die Tür ging und rauchte. Sie waren sehr höflich. Nein, Geschäfte habe ich mit ihnen nicht gemacht. Habe sie danach auch nicht mehr gesehen."

„Die lügt doch" schrie ich laut und sprang auf. Der Richter sah mich missbilligend an. Ich setzte mich wieder.

„Vielen Dank Frau Meier", sagte er dann. Vielen Dank Frau Meier, das hatte er zu mir nicht gesagt. Dann zog er sich mit den beiden Hausfrauen zur Beratung zurück.

Was genau passierte als er wieder kam weiß ich nicht mehr. Jedenfalls sagte er so was wie „Das Gericht hält es für erwiesen, dass der Angeklagte sich zum Tatzeitpunkt bei der Zeugin Meyer befand. Es liegen keine hinreichenden Beweise für eine Tatbeteiligung des Angeklagten vor." Ich weiß auch noch, dass ich dann laut fluchte und mich an Dave vorbei nach vorne drängte. Ich hatte mich wohl zu stark bewegt, jedenfalls platzte in diesem Moment bei meinem Schulabgangsanzug die Hosennaht. Aber zwei Gerichtspolizisten hielten mich fest, mich und meine Hose, drehten mir die Hände auf den Rücken, führten mich hinaus. Draußen hörte ich noch wie der Richter im Vorbeigehen zu Manninger Junior sagte: „Grüßen Sie mir bitte auch ihren Vater. Ich sehe ihn ja wieder nächsten Dienstag, beim Rotaryclub." Dann landete ich vor dem Gerichtsgebäude, mit offener Hosennaht, und geplatzten Hoffnungen.

Kapitel 7

Auf Arbeit war dann wie immer. Ich schleppte Eisenstangen, Dave zerkleinerte sie mit dem Drachen. Fast wie immer. Nur weniger zu tun. Das Radio spielte nicht mehr Oldies. Nur mehr Nachrichten. Jede halbe Stunde erneut. Dave schien nichts zu bemerken. Ich konnte nicht glauben, dass es das war.

Ging nach der Arbeit wieder bei KGM vorbei. Es wurde jetzt schon früher dunkel.

Im Empfangsbereich war noch Licht. Auch sie hatten einen Drachen, heute im dunklen Kostüm, er wachte über den Eingangsbereich. Ich wartete im Eingang des Nachbarhauses, sie hatte mich noch nicht gesehen.

Ich hatte Glück. Nach ein paar Minuten öffnete sich die Türe, sie schaute nach links und rechts, ging dann zur anderen Straßenseite, zum Wasser, eine rauchen.

Im Schatten eines die Straße entlangfahrenden Lkws gelangte ich ins Haus. Drinnen sah ich mich kurz um. Ein Granitboden, fachmännisch verlegt. Eine Tafel neben den Aufzügen. Letzter Stock – Chefetage. Dann nehmen wir mal den Aufzug. Doch die Aufzugstür ging nicht auf, musste wohl vom Empfang aus geöffnet werden. Fluchend ging ich zum Treppenaufgang. Marmorstufen. Vorsichtig an der Wand des Treppenhauses entlang kam ich in den ersten Stock. Nichts. Alle wohl schon weg. Dann weiter nach oben. Ich begann zu schwitzen. Auch im zweiten, im dritten Stock. Alle bereits weg. Was wenn sie heute ein tolles Geschäft im Sternerestaurant begossen und ich hier keinen mehr antraf? Ich wischte den Gedanken beiseite. Dann hätte der Empfangsdrachen ja wohl frei bekommen. Bei dem Gedanken lief es mir heiß den Rücken hinunter. Die Empfangsdame. Ich hätte kein Licht im Treppenhaus machen sollen. Bestimmt war sie

bereits hinter mir her. Mit dem Lift nach oben gefahren und bereit mich beim nächsten Stockwerk in
Empfang zu nehmen. Der Lichtdimmer ging gerade
wieder aus. Weiter ging's im Dunkeln. So schnell
wie möglich. Ich schwitzte jetzt wie nach 20 Eisenstangen. War außer Atem aber versuchte nicht laut
zu atmen. Kunststück. Vor dem nächsten Stockwerk hielt ich kurz inne. Lauschte. Nichts. Dann
hastete ich weiter die Treppen hinauf. Bald musste
ich ganz oben sein.

Auf einmal hörte ich ein Geräusch.

Es knarzte. Ich bückte mich. Statt Steinstufen gab es
jetzt eine Holztreppe. Vorsichtig tastete ich mich
weiter nach oben. Dann hörte das Knarzen auf einmal auf, ich wanderte jetzt auf einem Teppich. Das
Empfangskomitee hat den roten Läufer für mich
ausgerollt, dachte ich. Ich musste jetzt bald ganz
oben sein. Ganz schön anstrengend.

Und dann war ich oben. Auch ganz oben war es fast
dunkel. Nur aus einem Zimmer kam noch Licht. Ich
trat näher. Dann sah ich ihn. Und er sah mich. Ein
grauhaariger Herr, Malerweißezähnen, Schnurrbart. Karl-Heinz Manninger.

„Kann ich Ihnen helfen?" sagte er mit professionel-
ler Freundlichkeit. Feiner grauer Anzug, seine
Hände zupften seinen blauen Halsschal zurecht.

„Ich suche ihren Sohn" sagte ich und wischte mir
mir die Stirn ab. Ich schwitzte.

„Der ist gerade nicht verfügbar" sagte er „Kann ich Ihnen denn weiterhelfen?"

„Ich bin hier wegen Billy. Er hat Billy plattgemacht. Billy war auch mein Sohn."

Manninger war noch da, aber seine Freundlichkeit war verschwunden.

„Mein Sohn war zum Tatzeitpunkt nicht an der Unfallstelle." sagte er kalt. Dann wandte er sich an mich und sah dass ich bebte, zitterte. Er lächelte ein falsches Lächeln mit seinen weißen Zähnen und fügte hinzu „Der Vorfall ist natürlich bedauerlich, mein Beileid an Sie und die Hinterbliebenen. Verständlich dass Sie ein wenig durcheinander"

„Verlogenes Pack" rief ich und hob meine breiten Hände. Ich sah dass er etwas an seinem Tisch drückte. „Ich werde ihn kriegen" schrie ich. „Drankriegen werde ich ihn. Ganz bestimmt!" Dann machte ich einen Schritt auf Manninger zu. Ich wollte ihn erdrücken. Raufte mir die Haare. Bebte vor Wut. Versuchte meine Hände hinter meinem Kopf zu drücken, nicht ihn zu drücken, nur meine Haare. Der Schweiß lief an mir herunter wie an einer Regenrinne.

„Mein Sohn war zum Tatzeitpunkt nicht an der Unfallstelle. Das wurde gerichtlich geklärt. Die Angelegenheit ist damit beendet." sagte er. „Bald werden Sie ohnehin nicht mehr täglich die Stelle des Vorfalls vor Augen haben" fügte er noch kalt hinzu. Ich verstand ihn damals nicht. Ich hob meine Hände.

Doch in diesem Moment kamen der Empfangsdrachen und ein Sicherheitsmann herein und drückten mir die Hände auf den Rücken. Manninger blickte mich noch einmal an. Sah auf mein durchnässtes Hemd, meine zerzausten, mittlerweile halblangen Haare. Dann langte er auf seinen Schreibtisch und steckte mir eine Visitenkarte in die Hemdbrusttasche. „Wie sehen Sie denn aus. Gehen Sie erst mal zum Frisör" sagte er noch, dann brachten sie mich hinaus.

Draußen angelangt rappelte ich mich auf und ging dann nach Hause. Duschte. Merkte dass keiner da war. Waren alle bei Arnie. Das konnte ich jetzt gut gebrauchen. Gab da auch keine Kleiderordnung.

Jeden ersten Donnerstag im Monat öffnete Arnie seinen Getränkekeller und legte alte Scheiben auf. Bernie war schon da und wippte schon mit seinem Bauch. Auch Maria, meine Frau, und Ellen, ihre beste Freundin. Dave stand in der Ecke mit einer Dose Bier. Ich sagte nichts, was sollte ich auch sagen. Dass der junge Manninger nicht da war, der Alte mich hinauswerfen ließ und mich zum Haareschneiden schickte? Machte ich lieber mit mir aus, bald hatte ich mich wieder beruhigt. Der Keller war voller Leute, Arbeiter vom Hafen. Wir stupsten Dave ein wenig an, ich brachte ihm ein paar Dosen Bier. Dave, kannste doch nicht immer auf den Boden schauen, schrie ich ihm ins Ohr. Maria, Ellen und ich standen am Rand der Tanzfläche und klatschten in die Hände. Dann zog ich Maria auf die Tanzfläche. Maria zog Ellen und Dave mit sich. Willste tanzen Dave, musste tanzen Dave, kannste nicht immer nur auf den Boden schauen, schrien wir ihn an. Wir drehen uns, er dreht sich mit uns, er dreht sich, dreht sich, immer weiter. Wie ein Kreisel, wie eine Bierflasche, die man am Boden dreht. Dann bricht er zusammen, fällt auf den Boden und das ganze Bier läuft aus ihm heraus, aus seinem Mund, seinen Zähnen, seinem Schlund und er liegt, am Boden, in der Bierlache.

Alle um ihn herum lachen, ich schaue sie wütend an, wir schauen sie wütend an, sie schauen weg. Bei uns hier schauste keinem zu lange in die Augen, mehr als zwei Sekunden is' schwul, mehr als vier Sekunden is' gefährlich. Nur einer hier schaut nicht weg, schaut voll drauf, der Typ mit dem KGM-Helm. Hilft mir Dave nach oben zu tragen, an die frische Luft. Danke sagte ich. Komm' mal vorbei, sagte er, wennste reden willst. Drückt mich kurz, haut mir auf den Rücken, so wie Dave. Früher. Vorher.

Dave kann wieder stehen, aber es dreht sich immer noch alles. Ich stütze ihn, helfe ihm heim, angele den Haustürschlüssel aus seiner Hosentasche, sperre auf. Thea rief ich, Thea, nach seiner Frau. Keine Antwort. Aber alles sauber hier, als hätte jemand gerade noch mal aufgeräumt, normal is' sie nicht so ordentlich. Ich brachte Dave zum Bett, zog ihm die Hose aus, das musste reichen. Dann fiel mein Blick auf ein Blatt Papier, ein Brief. Versuchte ihn nicht zu lesen, las ein paar Wörter, versuchte sie gleich wieder zu vergessen, ging aber nicht, lieber Dave, jemand begegnet, an der Bar, ging hier nicht mehr und dann begann sich bei mir alles zu drehen.

Kapitel 8

Dann war Samstag. Und wir aßen am Mittag bei Mutti. Sie und Maria aßen und schwätzten. Zuerst über die Familie, dann über ihre Balkonblumen. Ich stocherte in der Buttermilchsuppe, als hätte ich gerade Mittag gehabt. Gleich würden sie es merken, war ich mir sicher. Gleich, nach den Geranien. Mein Löffel ruderte schneller, ich tat so als wäre mir die Suppe zu heiß. War ja auch so. Ich schmeckte nichts, als hätte ich mir die Zunge verbrannt. Es schmeckte nicht, nicht wie früher. War nicht wie früher. Früher wusste man. Dass es ist, wie es war. Heute nich'. Nicht was ist. Nicht was sein wird. Was kommen mag. Nur was war.

Ich spürte kleine Flocken am Löffel. Wenn ich weiter ruderte würde ich bald Butter haben. Früher war ich gern bei ihr zu Mittag. Früher hatte ich gern bei ihr gegessen. Früher. Ich schaute beide an. Sie merkten nichts. Nicht dass es anders war. Waren ja auch noch wie früher. Waren Steckengeblieben. Stehengeblieben. Im Früher. Wie mein alter Wecker.

Ich fühlte mich plötzlich weit weg von ihnen. Ganz fern. Als wäre ich mit meinem Löffel immer weiter weggerudert, im Buttersee. Weit weg, ich konnte sie kaum noch sehen.

Ich legte meinen Löffel auf den Tellerrand und legte wieder an. Sagte zu Ihnen „Bin mal weg. Wenn ich nicht gleich heimkomme, mach' nichts" und ging zur Tür.

***

Dann fuhr ich bei ihm vorbei. Er wusste ja sonst immer. Entschuldigte mich, war ja spät und überhaupt. Er widersprach nicht, sagte nichts, setzte sich. An seinen großen Eichentisch, im Wohnzimmer. Ich setzte mich dazu. Entschuldigte sich, dass er lange nicht mehr auf Arbeit vorbeigekommen war. Dann sah ich, dass seine Hände ein wenig zitterten. Herr Zimmermann, Besitzer der Fabrikhalle, Chef. Herr Zimmermann zittert nicht.

Dann redete er. Dass er die Fabrikhalle jetzt schon über 20 Jahre hat. Von den Schwankungen des Stahlpreises. Dabei schwankte nur er. Dass zur Zeit immer mehr Holz gebraucht wird. Holz. Er schlug auf seinen Eichentisch. Schließlich sagte er zu mir:

In den letzten drei Monaten habe ich nur noch Verluste gemacht mit der Fabrikhalle. In vier Wochen läuft der letzte Auftrag aus, wir haben keinen

Folgeauftrag bekommen. Die Fabrikhalle ist schon fast verkauft. Ich weiß nicht mehr was sonst.

Ich wusste auch nicht was sonst, sonst wusste ja immer er.

Nach einer Weile sagte er

Reicht einfach nicht. Geht nicht mehr.

Dann sank er in seinen Stuhl und schwieg.

Ich sagte immer noch nichts.

Und Dave und ich? fragte ich schließlich.

Ich weiß sagte er und schwieg. Nach ziemlich lange sagte er

Am Hafen wird jetzt viel gebaut. Bestimmt könntet Ihr da, dann unterbrach er sich selbst.

Zur Tür fand ich alleine.

Kapitel 9

Ich fuhr zum Wasser. Hier war ich ich. Es war dunkel. Schatten von Lagerhallen. Lkws. Ich hielt an. Vor der Lagerhalle, ich ging dann ein paar Schritte, zur Uferpromenade. Außer mir niemand. Ich stand jetzt ganz am Uferrand. Schaute auf das Wasser. War wohl kalt. Wirkte aber nicht besonders kalt. Ich vergrub meine Hände in den Hosentaschen. Es war also ob mich etwas hinabdrückte, schob und zog.

Ich sollte das beenden. Aufhören. Es war genug. Es reichte. Billy war tot. Und das würde auch so bleiben. Ich nahm die Hände aus den Hosentaschen, hielt sie an meinen Kopf, massierte meine Schläfen.

Ich sollte aufhören. Die Wirklichkeit akzeptieren. Wie mein Chef. Wie Dave. Wie meine Mutter, die wieder über Geranien redet. Ich sollte. Neu anfangen. Jedem Neuanfange wohnt ein Zauber inne, sagte Maria immer, hatte sie irgendwo gehört.

Neu anfangen. Nicht weitermachen. Weitermachen war aussichtslos.

Der Alte sah ihn nicht. Er war schon wieder weitergegangen. Aber ich. Ich sah ihn. Billy. Er kam auf mich zu, als liefe er über's Wasser. Schwarzer Overall, Gummistiefel, Baseballkappe. Sprang dann auf die Uferpromenade. Streckte sich, so wie er's oft tat, wenn er genug vom Eisenstangentragen hatte. Nahm dann seine Kappe ab, strich durch seine Haare, setzte sich neben mich.

„Kein Sorge. Ich mache hier weiter. Hauptsache ich mache. Ich darf nicht nichts tun. Egal ob's funktioniert." sagte ich.

Er sah mich kurz an, nickte, ging, ins Dunkele, als wollte er die nächste Eisenstange holen. Und war dann wieder weg.

Kapitel 10

Zu Hause wartete Maria. Sie sagte nichts. Aber ihre Augen strahlten. Wie Schweißerlampen. Sie umarmte mich. Hielt mich fest. Ihre Hand. Die braunen Flecken. Machten gar nichts. Sie strich über meinen Nacken. Dann sah sie mich länger an. Sagte schließlich „Was ich Dir noch sagen wollte", sagte sie. „Beim Waschen Deines Hemds." Dann fuhr sie wieder über meinen Nacken.

„Als ich Dein Hemd gewaschen hab' fand ich diese Karte. Wo hast Du denn die her?" Sie gab mir eine kleine Visitenkarte. Auf der Karte stand Hartmut Schneider – Haare schneiden und eine Telefonnummer. Das musste die Karte sein, die mir der Manninger in die Brusttasche gesteckt hatte. „Brauche keinen Friseur" sagte ich. Auch ich griff mir nun an die Haare. Sie gingen tief in den Nacken. Wucherten, wie Unkraut über Pflastersteine. „Würde Dir guttun" sagte sie. „Is' bestimmt teuer" sagte ich. „Würde Dir aber guttun" sagte sie. Sie hatte Recht. Aber wieso musste immer sie Recht haben.

**

Bei Hartmut Schneider war's gemütlich. Fanden zumindest die anderen, meist ältere Damen. Pastellfarbene Wände. Braune Vorhänge. Trockenblumen. Trockenhauben. Viele Zeitschriften. Bild der Frau, Apothekenrundschau, so was. Kekse.

Ich hatte Glück. Als ich reinkam rief gerade ein Kunde an, sagte ab und ich kam dran, bei ihm. Die Damen wunderten sich ein wenig.

Hartmut fing gleich mit meinem Nacken an, mit meinen wuchernden Haaren. Ganz die Natur, wie Löwenzahn, sagte er und plauderte ein wenig. Wohl schon eine Weile nicht mehr beim Friseur gewesen, meinte er. Habe zur Zeit viel um die Ohren, meinte ich. Das kann man wohl so sagen, meinte er, blickte auf meine Haarbüschel und wir mussten beide lachen.

Wo ich arbeite wollte er wissen. „Im Güterhafen." „Aha. Wird ja gerade viel gebaut dort", meinte er. „Stimmt" sagte ich. Mein Magen stockte, wurde kalt, fror, wie ein See im Winter. „Ändert sich viel dort, ja. Ganz schön kalt heute. Stimmt, es ist jetzt wirklich Winter. Bald sind ja schon die Feiertage." Mein Magen war immer noch ein Kühlschrank, aber ich hatte ihn wieder im Griff. Ich musste dranbleiben „Ja. Wird gerade viel gebaut am alten Hafen. Firma Manninger. Aber sie sind ja nicht vom Bau." und schaute ihn ein wenig herablassend an.

„Das nicht" sagte er gleich „Aber Herr Manninger ist ein guter Kunde" sagte er „Schon seit 40 Jahren". Mist. Der Falsche Herr Manninger. „Aber Herrn Manninger Junior kennen sie ja dann nicht" sagte ich. „Doch. Er war vor kurzem hier. Geht sonst zu einem anderen Friseur. Aber irgendwie war's ihm eilig. Er wollte seinen Schnurrbart nicht mehr, dabei war's ein wunderbarer Schnurrbart, ganz wie der Vater." Mir wurde wieder ganz kalt. „Er sagte er wollte was Frisches, für den Winter, da läuft das es ja schlechter, das Immobiliengeschäft" plauderte Herr Schneider munter weiter. Mir wurde ganz schummrig.

Er hatte keinen Schnurrbart mehr. Das war's. Deswegen war ich mir bei der Polizei nicht sicher gewesen. Einfach weg mit dem Bart, wie mit Billy damals. Ich blickte auf die Kekse vor mir und hatte eine Idee. Ich nahm einen Keks und fragte ihn: „Sie sind ja offenbar bei den Damen recht beliebt"

„Ich weiß nicht wieso" sagte er „aber zu mir kommen fast nur Damen. Damen im gesetzteren Alter. Daher die Kekse. Ich selbst kann nichts essen mit Gluten."

Na, fragte ich, dann kennen Sie ja vielleicht auch eine Bekannte von mir, Frau Meyer. Graue Haare, Naturwelle, ein wenig Blaustich. Wohnt in der ... jetzt weiß ich die Straße nicht mehr.

Ja, sagte er, ich glaube ja. Die ich kenne wohnt in der Nähe, in der ... Singvogelstraße glaube ich, meinen Sie die?

Ja, die meine ich, sagte ich.

Kapitel 11

Eigentlich will ich mich gar nicht hieran erinnnern. Is' mir unangenehm. Nun gut. Ihr auch. Sie wollte mich erst gar nicht hineinlassen.

Als ich klingelte zog sie eine Gardine beiseite. Tat dann so als wäre sie gar nicht da. Ich klingelte weiter. Sie machte schließlich die Tür auf. Lugte hinaus. Erkannte mich nicht.

Erst als ich sie an den Gerichtstermin erinnerte, an mich, der andere Zeuge, erinnerte sie sich. Ich sagte „Ich war damals ja ein wenig laut, und ungehalten." Ich hatte ja auch allen Grund dazu.

Sie wusste nicht recht, ich stand da vor der Tür, sie ließ mich dann hinein. „Ich muss gleich los. In die Stadt" sagte sie „Was ist?"

Ich sagte „Wegen Dave, 's jetzt alles anders, ohne Billy. Und dem Richter sagten sie damals, die waren bei ihnen."

„Waren sie ja auch" sagte sie knapp und drehte ihr graue Locken zwischen den Fingern. War ihr alles unangenehm. Sie schaute mich von oben bis unten an. Aber dann ließ sie mich doch hinein.

Ihr Wohnzimmer hatte schöne Ohrensessel. Grüngemustert, gut erhalten. Gab keinen Fernseher, aber Bücher. Eine alte Pendeluhr stand in einer Ecke. Wir saßen uns dann gegenüber und ich hörte ihr zu.

„Ja, Herr Manninger hat mich damals angerufen. Er wollte an diesem Tag bin mir sein. Wegen meines Hauses. Sie kennen ja seine Werbung: Auch wir schätzen Ihr Haus und das sogar kostenlos. Ich hatte ihm gleich gesagt ich will gar nicht um jeden Preis verkaufen, aber ich wüsste nur gern wieviel es wert ist. Und dann rief er an. Er wirkte ein wenig durcheinander, wollte sich entschuldigen. Ich weiß noch, ich hatte das schnurlose Telefon, und saß hier. Ich wurde ungehalten, sagte ihm ganz unverblümt - Wollen Sie sich nicht endlich an ihre Werbeversprechen halten, und jetzt kommen, um 10? - Jetzt, um 10? - wiederholte er langsam. Ja, sagte ich, es ist jetzt viertel vor zehn und in fünfzehn Minuten werden sie es doch wohl schaffen. Oder wo sind Sie denn gerade? - Wir sind gleich bei Ihnen. Bleiben sie wo sie sind, sagte er. Als ob ich weit käme, in meinem Alter. In zehn Minuten war er da. Sonst war er nicht immer so pünktlich. Glaubt wohl ich als ältere Dame, ich habe Zeit. Dabei ist Zeit doch Geld und Geld kann man halt nie genug haben, sagte mein Mann immer, als er noch lebte.

Er kam mit seinem Partner, der aber nicht viel gesagt hat. Wir saßen dann hier im Wohnzimmer, haben uns länger unterhalten, über das Haus und das Viertel. Er fand das Interieur sehr reizend, auch die Pendeluhr, obwohl da musste ich ihn enttäuschen, ein Erbstück.

Ich war ganz überrascht wie charmant Herr Manninger war. Und dass er sich so viel Zeit genommen hat. Andere Räume wollte er gar nicht sehen, hat mich aber ausführlich nach den Daten des Hauses gefragt, meinte er kennt diese Art Häuser sehr gut und auch das Viertel.

„Sind Sie denn dann immer nur in diesem Wohnzimmer gesessen?" fragte ich sie und wurde von der Pendeluhr unterbrochen, die laut ankündigte, dass es sechs Uhr war.

„Ja, wir hatten uns nur am Anfang kurz den Garten angesehen.

Ich weiß noch, am Schluss schlug die Pendeluhr 11 Uhr, erst dann merkte ich, dass er eine volle Stunde dagewesen war. Er hat dann auf die Uhr geblickt und sich charmant verabschiedet. Kurze Zeit später hatte ich dann den Schätzwert meines Hauses im Briefkasten, na ja, den Schätzwert hatte er wohl nett gemeint, aber es hätten schon 100 000 Euro mehr wert sein können."

Sie schaute mich an, dann ihre Hände und schwieg. Ihre Handgelenke leuchteten hell, weiß. Dann drehte sie sich um und schaute auf die Pendeluhr hinter ihrem Sessel. Auch ich war schon über zwanzig Minuten bei ihr gewesen. Und weit weniger gewinnend als Herr Manninger. Zeit zu gehen.

Kapitel 12

Es war jetzt einen Tag nach dem Besuch bei Frau Meyer, eine Woche nach dem Gespräch mit Herrn Zimmermann. Und dann hatte ich es. Fast.

Doch zunächst noch kurz was anderes. Beim Hafen sah's nicht gut aus. In der Gegend gab es mittlerweile viele Absperrungen, weiß-rote Bänder, Bauzäune. Alte Lagerhallen wurden abgerissen, ihre Wellblechdächer von Baggern abgenommen und einfach fallengelassen. Bagger standen überall, waren größer als die Landungskräne für Schiffsladungen die ich so kannte. Mit den Absperrungen kamen auch Verbotsschilder. Hier Privatbesitz. Da nicht parken. Dort Ausfahrt freihalten für Baufahrzeuge. Hatten wir hier früher nicht gehabt. War klar wem was war und wer wo reingehen konnte und wer wo parken durfte.

Bei Arnie saßen mittlerweile lauter Bauarbeiter rum. Ignorierten, dass Donnerstagabend die linken umgestülpten Regentonnen Donnerstagabend uns sind. Tranken zu viel, und zu laut. Grabschten einfach Bier von den Getränkepaletten, soffen und zahlten dann nicht. Dazwischen junge Pärchen, mit Stiefelchen und Hemdkragen, neuer Jeep vor dem Getränkemarkt. Wohl Neukäufer, die das hier hip fanden. Arnie hatte mehr Umsatz aber war auch nicht begeistert. Aber was sollte er machen, die alten Gäste blieben ja immer mehr weg.

Und der ständige Lärm. Bagger die Gebäude nie-
derrissen, Bagger die Fundamente ausschaufelten,
Lkws die Sand brachten. Bauarbeiter die all das ta-
ten und dazwischen ständig herumschrien. Am Hafen wusste jeder was zu tun, da musste man nicht
immer Kommandos herumschreien. Und ab und
zu sah ich junge Leute, in den Dreißigern, meist auf
Mountainbike, mit Umhängetasche. Was die wohl
hier verloren hatten.

Kein Wunder dass ich in dieser Zeit Ruhe suchte.
Und Halt.

Nach meinem Besuch bei Frau Meyer war ich bei
meiner Mutter. In der Küche. Saß auf dem Küchen-
tisch. Löffelte Tomatensuppe aus dem Topf. Mit
meinen großen Händen. Bräuchte eigentlich gar
keinen Löffel. Maria war im Wohnzimmer. Und
dann fing Mutter wieder damit an. Dass ich was anderes machen soll. Dass meine jetz'ge Arbeit nicht
mehr lange is'. Nich' immer nur anderen helfen soll.
Mir andere Arbeit suchen soll. Mir selbst helfen soll.
Mir dabei helfen lassen soll. Vom Staat. Ich.

Weiss' Du wieder alles, dachte ich und schaute weg,
an die Wand, auf das Bild von Vater.

Ich bin dann ins Wohnzimmer gegangen. Auf den
Sessel. Gab nur einen. Braun, abgewetzt. Längst
nicht so schön wie bei Frau Meyer. Dann fing Maria
an. Dass sie Bekannte irgendwo im Ausland hatte.
Gäbe Jobs dort. Gut bezahlt, man muss nur flexibel

sein. Sie telefoniert bald wieder mit ihnen. Ich habe nicht wirklich zugehört. Hätte ich mal lieber.

Ich habe lieber nach draußen geschaut. War fünf Uhr. Und schon dunkel.

Fünf Uhr. Und schon dunkel.

Fünf Uhr. Und schon dunkel. Auf einmal war's helle. In meinem Kopf.

Ich bin dann ganz schnell zum Wohnzimmerschrank, habe die Bücher durchgesehen, da war doch was. Ja genau. Hier. Ein Lexikon. Das hab' ich hinten aufgeschlagen. Verdammt. Endet bei Myrrhe. Hab dann das zweite Buch gesucht. War nicht im Schrank, war auch nicht auf dem Beistelltisch. Mist. Unterm Schrank war's auch nich'. Bin in die Küche, zu Mutter, die wusste es auch nicht. Das erste Mal das dir ein Buch fehlt, meinte sie nur.

Ich hab's schließlich gefunden, war hinten am Schrank heruntergefallen, ganz zerfleddert. Hab's rausgezogen. Geblättert, weit hinten, Uhu, Vespa, Wuppertal. Zu weit. Hier. Jedes Jahr Ende Oktober. Hier hinten die Tabelle. 29. Oktober. Die Beerdigung war am Mittwoch, 1. November. Daves Tod Montag, 30. Oktober. Am Sonntag, 29. Oktober. War Umstellung auf Winterzeit.

Das musste es gewesen sein. Frau Meyer muss vergessen haben ihre Pendeluhr auf Winterzeit umzustellen. Und er hat es einfach ausgenutzt. Deswegen war er doch gekommen, und war so lange geblieben.

Ich rannte zum Telefon, im Flur, Mutter hatte kein schnurloses Telefon. Habe im Telefonbuch gesucht, endlich, die fünfte Frau Meyer, Singvogelstraße 5, 65278.

Ich musste vorsichtig sein, behutsam vorgehen. „Frau Meyer", sagte ich, „ich wollte mich nur noch einmal für den Besuch bei Ihnen bedanken. Das hat mir wirklich weitergeholfen, äh, um das mit Billy zu verarbeiten und so." „Ach das habe ich doch gern gemacht, gleich als ich sie gesehen habe dachte ich sie sind ein anständiger Mensch" log sie durch den Telefonhörer. „Ja, jedenfalls noch mal danke. Sie haben's ja richtig schön, da, bei sich. Und eine schöne Pendeluhr haben sie auch." „Oh, vielen Dank" sagte sie „ja meine Pendeluhr mag ich auch sehr, und ich hab's gern gemütlich." „Ja" sagte ich „ist ja auch besonders wichtig jetzt, ich mein dass man's schön bei sich hat, wo's doch schon früher dunkel wird. Wird jetzt früher dunkel, auch wegen der Zeitumstellung, Winterzeit Sie wissen, also ich hab ja meine Frau, die denkt da immer für mich dran." „Ach, bei mir macht das mein Sohn, gut dass mich der dieses Jahr am Tag darauf erinnert hatte. Gleich jetzt erwarte ich auch eine Anruf, ich muss leider Schluss machen. Vielen Dank noch einmal für Ihren Anruf" sagte sie, dann war sie weg.

Sie hatte offenbar die Bedeutung ihrer Worte nicht überrissen, aber ich schon. Es passte alles zusammen. Deswegen kam er auf einmal so gern, blieb so gern. Deswegen wollte er auch im Wohnzimmer sitzen bleiben, in keine anderen Räume gehen, mit anderen Uhren, vielleicht sogar einer Funkuhr.

Ich ging zurück in die Küche. Der halbvolle Teller war noch da, aber kein Löffel. Du musst die Suppe noch auslöffeln. dachte ich. Tomatensuppe. Mit den Händen. Als klebte mir Blut an den Händen. Alles zu viel. Zu schnell.

Mein Kopf war ganz rot. Blut war in meinen Kopf geschossen. Ich brauchte frische Luft. Nur raus.

Auf der Straße versuchte ich nachzudenken. Nur die Ruhe bewahren. Doch anstatt langsamer zu werden, beschleunigten meine Schritte. Ich würde jetzt zur Polizei gehen. Die Gerichtsverhandlung würde neu aufgerollt, Manninger Junior stünde ohne Alibi da, und es war sein Wagen, ich wäre rehabilitiert. Mein Schritte wurden immer schneller. Ich begann zu laufen. Doch nicht Richtung Polizei. In Richtung eines schicken Hafenviertels. Richtung Manninger.

Selbstbewusst baute ich mich vor dem Empfangsdrachen auf. „Ich muss Herrn Manninger Junior sofort sprechen. Sagen sie ihm es ist wichtig. Ich habe ein gutes Geschäft für ihn." sagte ich. „Wegen einer Immobilie" setzte ich vorsichtshalber hinzu. Ich wusste nicht wie Recht ich hatte.

Als ich bei ihm oben war wirkte er ein wenig überrascht. Groß, schlank, dunkelblauer Anzug. Diesel-
ben weißen Zähne wie sein Vater. Wir waren in einer Art Vorraum, für Besucher, dahinter sein Büro,
er deutete auf die Stuhlgruppe, Designerstühle, ver-
chromte Stuhlbeine, doch ich blieb lieber stehen.

„Jetzt hab' ich sie" sprudelte es aus mir heraus. „Sie
hatten Frau Meyer damals angerufen, um viertel
vor elf, wollten sich entschuldigen das es wieder
nicht geklappt hat. Aber Frau Meyer glaubte es war
viertel vor zehn, war noch auf Sommerzeit war. Als
Sie das merkten sind sie sofort zu ihr gefahren, und
haben sich das Alibi besorgt. Ganz schön viel Glück,
aber nicht genug. Jetzt wird der Prozess wieder aufgerollt werden, ihre Lüge wird enttarnt, sie werden
ins Gefängnis kommen, und ihre Fahrerlaubnis ver-
lieren, nicht gut für einen Immobilienmakler. Und
ihre geplanten Transaktionen in der Gegend werden in Misskredit gebracht."

Er wartete, ein wenig lange, dann ließ er sich in die
Stuhlgruppe plumpsen und streckte die Arme von
sich. „Jetzt haben sie mich" sagte er. „Alle Achtung.
Dass sie da draufgekommen sind. Es war weiß Gott
nicht leicht, eine Stunde in diesem Wohnzimmer
abzusitzen." Ich lächelte zufrieden. Er blickte auf
den Boden, seine Mundwinkel zuckten ein wenig.
Dann erhob er sich, blickte auf seine Uhr und sagte
„Sie müssen mich leider kurz entschuldigen, leider
unaufschiebbar. Gleich können wir über die Details
reden, vielleicht könnten Sie mir ja doch noch

irgendwie entgegenkommen." Ich hatte nichts da-gegen, ich hatte Zeit. Auf diesen Moment hatte ich schließlich die ganze Zeit gewartet, dachte ich.

Er ging in sein Büro und schloss die Tür. Nach eini-gen Augenblicken hörte ich seine Stimme. Ich ging näher, bekam plötzlich ein merkwürdiges Gefühl, presste mein Ohr an den Türrahmen und hörte „ja, ja, ein wirklich schönes Haus ... jetzt einen Interes-senten, sehr interessiert.... Wirklich sehr interes-siert. Preis? 100.000 Euro über dem Schätzpreis. 150.000? Einverstanden. Vielen Dank. Sie bekom-men noch heute den Vertrag, zur Unterschrift, Frau Meyer." Ich konnte es nicht glauben. Ich rüttelte an der Tür, sie war abgeschlossen. Ich schrie jetzt, aber er redete weiter „Ach ja, eines noch, Frau Meyer. Der Interessent, also der Interessent, der schätzt Diskretion. Ich war mich jetzt gegen den Türrah-men, beim zweiten Versuch ging die Tür auf. Er sagte gerade noch „Natürlich glaube ich nicht, dass Sie was Falsches vor Gericht sagten. Und natürlich können Sie sich beim Telefonieren nicht alles so ge-nau merken."

„Nein, nein. Natürlich weiß ich, dass Sie noch fit sind. Und so was wie die Winterzeit nicht verges-sen. Ich war doch auch da, um 10 Uhr, bei Ihnen. Natürlich glaube ich nicht, dass Sie was Falsches vor Gericht sagten. Und natürlich können Sie sich beim Telefonieren nicht alles so genau merken."

Ich lief auf ihn zu, schlug blindlings vor Wut auf ihn ein. Er schlug zurück. Eine Faust landete in meinem

Gesicht. Bald war auch wieder ein Sicherheitsmann bei ihm. Zusammen schlugen sie mir in den Bauch, ich fiel auf den Boden. Er trat mir ein paar Mal erneut in den Bauch, auf meine Innereien. Da halfen wir auch meine großen Hände nicht mehr. „Und jetzt mach' hier die Biege" sagte er kühl „bevor ich Dich wegen tätlichen Angriffs, Hausfriedensbruch und Sachbeschädigung anzeige. Und falls Du diese haltlosen Behauptungen weiter verbreitest solltest, bringe ich Dich wegen Verleumdung dran." Dann landete ich wieder an der frischen Luft.

Kapitel 13

Ich rappelte mich langsam wieder auf. Ich langte an meine Stirn und hatte dann Blut an den Händen. Mein Hemd halb zerrissen, meine Hosen schmutzig.

Wo jetzt hin? fragte ich mich. Zu Maria? Zu Mutter? Mich auslachen lassen, dass ich so aus der Hüfte gehandelt habe, und einfach so zum Manninger gelaufen bin?

Lieber zum alten Hafen. Da is' wirklich bei mir. Und in der Fabrikhalle haben wir einen Verbandskasten. Ersatzklamotten und einen Wasserschlauch. Und das Radio, vielleicht kämen ja wieder Oldies rein. Aber sollte ich wirklich?

Du, sagte sie. Stell' Dir vor. Gute Neuigkeiten. Die Bekannten von uns, in Dublin, die haben Dir einen Job besorgt. Auch mit Metall. Gut bezahlt. Freust Du Dich? Wie geht's Dir eigentlich? Äh, sagte ich. Hat nur einen Nachteil, aber das kriegen wir auch hin, sagte sie. Aha, sagte ich. Ja, sagte sie, Bedingung ist, geht schon nächste Woche los. Am Samstag fliegen wir.

Als ich bei der Hafenstraße ankam, fiel mir gleich eine Menschenmenge auf. Merkwürdig, war doch schon abends. Unauffällig ging ich ein wenig näher. Es war ein Gebäude mehr am anderen Ende der Straße. Hier wurde früher einmal Waschmaschinen zwischengelagert, mittlerweile war der Rohbau eines neuen Gebäudes fertig. Ein großes Apartmenthaus. War wohl gerade Richtfest hier. Am Dachstuhl hing ein Kranz. Ich sah jetzt auch den Bürgermeister, er zerschnitt gerade ein Band. Sagte dann was von tollen neuen Möglichkeiten, Wohn- und Gewerberäumen, alles in bester Lage. Die Zukunft beginnt hier. Neben ihm, mit strahlendem Lächeln, Daumen nach oben, Manninger Senior. Er schüttelte ihm jetzt die Hand. Ich schaute weg. Schaute auf den Rohbau, den Baumaschinenpark. Dort bewegte sich etwas, fast unmerklich. Ich schaute näher.

Eine Überwachungskamera. Der Kamerakopf bewegte hin und her, begierig eine möglichst große Bildfläche einzufangen. Super, dachte ich. Jetzt bin ich, mit meinem blutverschmierten Hemd, auch noch bei Manninger auf Band. Super Homevideo. Gibt ja jetz' immer mehr Kameras überall. Überwachungswahn. Dort wo Maria mit mir hin will, auf die Insel, waren bestimmt auch alle Häuser schön bewacht, mit Videokameras. Hat ja jetz' bald jeder `ne Videokamera vor seiner Klitsche.

Da fiel es mir wieder ein. Mutter hatte mir mal was erzählt. Hatte mir mal erzählt. Mit verstohlener Miene. Du kennst doch Herrn Wanninger? sagte sie. Rentner Wanninger, sagte ich. Ja, der, sagte sie. Er geht immer spazieren, hofft Leute zu treffen, aber traut sich nicht jemanden anzusprechen." Ich dachte damals „Rentner Wanninger. Der ab und zu am Hafen herumstreunt, wie eine alte Katze."

Mutter sah mich damals an, wusste, was ich gerade dachte.

„Er ist einfach einsam. Ich weiß es doch, war ja 'n paar Mal bei ihm putzen. Machte mich wahnsinnig gemacht. Ging immer um mich herum, brachte nie ein Wort heraus."

Das war der Wanninger, bei dem ich vor ein paar Wochen mal geklingelt hatte, aber nicht besonders lange. Aber weiter im Text.

Weiß' Du sagte sie damals. Sollte ich ja nich' sagen. Ist ja Berufsgeheimnis sozusagen. Als ich einmal zu ihm ging hatte er getrunken am Abend vorher. Er öffnete die Tür, ließ mich hinein und drehte sich um. Dann ging er schnell ins Wohnzimmer und machte die Tür hinter sich zu. Aber zu spät.

Weißt Du, er hat große Zierpflanzen am Fensterbrett. Ziemlich groß. Immer voller Läuse. Immer halb verdurstet. Macht sich nich's aus Pflanzen. Aber dieses Mal sah ich, dass er dahinter eine Kamera auf Stativ hatte. Keine Ahnung was der damit machte. Fand ich aber irgendwie merkwürdig. Bald darauf sagte er dann, er hätte kein Geld mehr, um mich zu bezahlen. Und ich war nicht mehr putzen bei ihm. War mir auch recht."

Hatte damals nicht weiter drüber nachgedacht. Aber jetzt. Eine Kamera auf Stativ, hinter Zierpflanzen versteckt. Bestimmt filmte er damit was vor seinem Haus passierte. Und das Haus stand der Fabrikhalle, wo einst das Auto parkte, genau gegenüber.

Sonst noch was?

Mutter sagte damals bei der Gelegenheit auch, er wäre ein verrückter Kauz, hätte im Wohnzimmerschrank lauter Videokassetten nur durchnummeriert, fein säuberlich, nur Nummern, sonst stand nichts drauf. Und als sie mal den Staub davon abwischte hatte er ihr zugezwinkert und gesagt sein Gedächtnis, es reicht einen Monat.

Am 30. Oktober passierte es. rief ich. Heute ist der 1. Dezember. Einen Monat. Ich lief sofort los.

Kapitel 14

Hoffentlich, dachte ich. Und hoffentlich noch rechtzeitig. Die Haustür war offen, ich stürmte das Treppenhaus nach oben, klopfte laut an der Tür im letzten Stock, bei Wanninger. Ich hörte ihn zur Tür schlurfen, er atmete laut, dann nichts. Es roch nach altem Holz, Reinigungsmitteln.

Ich schaute durch den Spion, da wo er wohl gerade zurückschaute, ich blinzelte nicht. Nichts. Ich schaute mich um, ob es hier eine Überwachungskamera gab.

Ich klopfte erneut. Hämmerte. Wie verrückt. Wenn es noch andere Mieter gäbe wären längst ein paar Türen offen.

Er öffnete. Verbeulte Hose, Strickpullover, statt Turnschuhe

Hausschlappen.

„Also was wollen Sie?" fragte er. „Ist wohl dringend. Und wie schauen Sie denn heute aus"

Kann ich kurz rein? fragte ich und rannte ohne die Antwort abzuwarten in seine Wohnung.

In seiner Wohnung war alles alt. Holzmöbel. Ein Bild mit Wald. Eine verschlossene Holzschrankwand. Nur der Fernseher war modern, Flachbild. Am Fenster, getarnt durch Blumenstöcke, stand in der Tat eine Videokamera.

Ich deutete auf die Kamera.

Am 1. Oktober wurde vor ihrem Haus Billy getötet. Hat Ihre Kamera das aufgenommen? rief ich.

Ja, sagte er. Und ich habe auch alles selbst gesehen.

Mir blieb die Spucke weg. Ich setzte mich auf einen alten Holzstuhl.

Er schaltete den Fernseher ein. Das Bild der Straße, der Hofeinfahrt vor der Lagerhalle erschien. Zur Zeit nichts los.

Ich habe über den Fernseher den schwarzen Wagen gesehen. sagte er. Fand ich merkwürdig. Bin dann an den Balkon, war nichts zu sehen. Habe ein wenig gewartet, die Blumenstöcke gegossen. Wollte gerade wieder vom Fenster weg, als plötzlich ein Mann zum Wagen rannte, dann der andere. Das Auto stieß zurück, über den Jungen, stoppte. Aber dann fuhr der Fahrer weiter. Ich habe den Fahrer beim Einsteigen gesehen, sah mir ganz aus wie der Immobilien Manninger Junior.

Sie kennen ihn? fragte ich.

Ja, sagte er. Er war ein paar Mal hier gewesen, hat sich für meine Wohnung hier interessiert, immer scheißfreundlich, wollte ja was.

Und die Kamera? fragte ich.

Die Kamera hat ihre Arbeit gemacht. sagte er.

Er ging zum Holzschrank, sperrte ihn auf. Alles war voller Videokassetten. Er griff nach links und sagte

Das hier ist sie, ganz links, beschriftet: Nr. 30, und ein roter Punkt.

Ich keuchte. Und wieso haben Sie sich nie gemeldet, nie was gesagt? fragte ich.

Es hat mich keiner gefragt, sagte er. Den Jungen bringt niemand zurück. Und Menschen kommen immer nur zu mir, wenn Sie was von mir wollen.

Vielen Dank jedenfalls, sagte ich. Jetzt gehen wir gleich zur Polizei, wir beide, dann haben wir eine schriftliche Aussage.

Ja, zur Polizei, sagte er, aber nicht heute. In drei Tagen. Am Freitag.

Am Freitag?, sagte ich.

Ja, sagte er. Ich brauche noch ein wenig. Freitag ist Zahltag. Wenn schon Showdown, dann am Freitag. Wenn wir am Freitag alles öffentlich machen kommt es auch in die Samstagszeitung, sagte er und grinste schlitzohrig.

Wieso nicht gleich? sagte ich. Ich bin hier ab Samstag weg, ich will nicht, dass hier noch was dazwischenkommt.

Iwo, sagte er. Was soll schon dazwischenkommen. Drei Tage länger werden sie jetzt wohl noch warten können. Wusste bisher niemand. Und wenn Sie nichts weitersagen wird's auch bis Freitag keiner wissen.

Und Sie sagen auch nichts weiter? Zum Beispiel dem Manninger?

Der Manninger kann mich mal, sagte der Wanninger und blieb stur. Stur war er schon immer, aber auch 'n Aufrechter, und was sollte ich auch machen. Und dann war er ohnehin wieder beim Jammern.

Niemand kommt hier mal einfach so vorbei. Niemand ruft einfach mal an. Mal zum Reden. Einfach mal so. Ich bin anders, sagte ich. Ganz bestimmt.

Kapitel 15

Ich dachte Dave würde sich freuen. Denkste. Mach' was Du nicht sein lassen kannst, sagte er zu mir. Aber halt' mich da raus. Er erzählte mir bei der Gelegenheit auch, dass er ab nächster Woche die Seiten wechseln würde, ein Bauträger am unteren Ende der Straße, nicht eng mit Manninger verbandelt, aber immerhin. Ich sah ihm an, dass ihn das im Inneren in Stücke riß. Aber irgendwo musste er ja Arbeit haben, und dass in seinem Zustand.

Davids Bart war jetzt lang und unregelmäßig, sein Overall hatte Flecken. Er ging nach der Arbeit nich' gleich, blieb immer noch lange. Vor kurzem war so ein Tag mit ihm, Junge, ich war eigentlich schon weg, aber meine Brotzeitdose vergessen, ging noch mal zurück. In dachte ich würde Dave in der Halle auf und abgehen sehen. Tat er aber nicht aber nicht. Dave stand in der Mitte der Halle. Eine Lache bei seinen Füßen. Pisste an die Hallenwand. Wie ein Hund. Er sollte doch nicht an die Wand pissen, dachte ich. Das ist schlecht, dachte ich, sehr schlecht. David, David, schrie ich und lief zu ihm. Er drehte sich um, ging wieder die Halle auf und ab, beachtete mich nicht. Ich nahm meine Brotzeit-dose und ging nach Hause.

Eigentlich wollte ich mich in der Zwischenzeit mal bei Wanninger melden. Aber ich hatte wirklich viel zu tun. Mit Maria war es fast wie früher. Sie packte unsere Sachen, meldete das Telefon ab und so wei-ter. Auch bei Mutter schmeckte es wieder, ich kos-tete es noch aus, ihre Buttermilchsuppe. Und ab Donnerstag war auch Dave nicht mehr so mürrisch, Thea war wieder im Lande, das mit dem Geschäfts-mann war angeblich schon lange nicht mehr. Wie verabredeten uns zum Tanzen, Freitag Abend, Ar-nie würde ausnahmsweise den Keller aufmachen, für uns und alle von früher.

Kapitel 16

Und dann war Freitag.

Ich lief beschwingt die Uferstraße hinunter, Rich-tung Manninger. Entlang der Baustellen. Der Ge-rippe neuer Gebäude. Er alten Gebäude, die bald nicht mehr sein werden. Ich pfiff vor mich hin.

Am Straßenrand liefen heute junge Menschen, in Sporthosen, sie kamen mir fröhlich entgegen. Einer mit knallgelber Trainingsjacke, ein andrer mit leuchtendroten Sportschuhe. Einmal im Jahr, und wohl heute, war Farbenmarathon. Ich lief die Hafenstraße weiter. Ein paar der Läufer hielten kleine Windräder in den Händen, die drehten sich im Wind, tanzten.

Ich dachte an heute Abend, bei Arnie, tanzen würden wir, tanzen. Immer mehr, immer enger. Vor allem Dave. Immer mehr und immer enger. Und am Schluss mit seiner Thea.

Ich war jetzt bei Manninger und rannte das Treppenhaus hinauf. Nahm ein paar Stufen auf einmal. Ich klingelte an der Tür.

Niemand antwortete.

Ich klopfte und wartete.

Niemand da.

Ich rannte hinunter, zum Briefkasten, das Namensschild war abmontiert. Ich rannte wieder hinauf. Klopfte noch mal. Drehte am Türknopf.

Die Tür ging auf, als hätte jemand vergessen abzusperren.

Dann warf ich mich gegen die Tür. Meine Schulter brannte, aber die Tür war jetzt einen Spalt auf. Ich blickte auf meine Hände, auf das Tattoo mit dem D, und drückte die Tür mit aller Kraft auf.

Ich stand in der Wohnung. Offene Schränke. Papier auf dem Boden. Als hätte jemand schnell gepackt und schnell weggemacht was wertvoll is', der Flachbildfernseher und die Videokamera waren jedenfalls nicht mehr. An der Garderobe hingen noch die Wintermäntel. Ich öffnete den Wohnzimmerschrank, er war noch voller Videokassetten. Nr. 1-Nr. 30, alles da. Nur ganz links, Nr. 31 mit roten Punkt war nicht mehr. Ich sah unter dem Schrank, daneben, nichts. Nr. 31 war nicht mehr da. An deren Stelle eine freie Fläche, wie eine Zahnlücke.

Ich konnte es nicht glauben. Auch er? Ich lief schnell bei Ernie vorbei, er war ja der einzige der häufiger mit ihm Kontakte hatte.

Ernie sperrte gerade seinen Schrottladen auf und sagte „Alles in Ordnung? Du noch hier?"

„Ja, äh, gehe hier noch mal rum in der Nachbarschaft an meinem letzten Tag" stotterte ich. „Apropos Nachbarschaft, sag` mal hast Du kürzlich den Manninger gesehen?"

„Och" sagte Ernie „Der Manninger, schon ein schräger Vogel, kam gestern zu mir und wollte mir seinen Flachbildfernseher schenken. Wieso hab' ich ihn gefragt. Guckste jetzt nur noch aus'm Fenster?"

Er sagte dann Ich hab' im Lotto gewonnen, jedenfalls so ungefähr, und lachte, sagte und Zahltag war auch schon. „Ein wenig Urlaub." sagte er „Du weißt schon" und wurde ein wenig rot. „Der Manninger. Hat mir immer erzählt wie allein er ist. Dass er am Liebsten nach Thailand auswandern würde. Wenn bloß die Rente reichen würde. Hat' mir auch mal nen Katalog gezeigt. Weißt schon. Nicht Hotels. Frauen." und sah mich an. „Aber hast ja bestimmt kürzlich mit ihm gesprochen, er is' ja gleich gegenüber?", meint er. „Schon wieder ne Weile her" sagte ich und jetzt wurde ich ziemlich rot. Also auch er. dachte ich. Dieses Schwein. Er sitzt jetzt wohl in Bangkok, mit Schweigegeld vom Manninger. Und macht schöne Bilder von seiner Katalogschlampe. Dieses Schwein.

Kapitel 16

Ich ging zur Lagerhalle, zur Arbeit. Was sollte ich auch anders tun. Ich schaute auf die Betonwände, das Wellblechdach. Die unverputzten Kabel und die Eisenreste, die in den Ecken lagen. Bald würde all das Vergangenheit sein. Dave war schon da, hatte einen Besen in der Hand, war dabei die Halle auszufegen. Er sagte „Chef hat übrigens gerade angerufen, er sagte der Manninger Junior kommt um 2 Uhr vorbei, bis dann muss es hier sauber aussehen".

Ich nahm eine Schaufel und tat so als würde ich auch aufräumen, fiel fast über eine Leiter. Ich blickte auf das Dach unserer Halle, war mir nie aufgefallen wie hoch das war. Dann stellte ich mich vor die Halle.

Ich blickte am Ufer hinunter, auf die neuen Gebäuderohbauten, wo der Bürgermeister vielleicht gerade das nächste Band zerschnitt und die Investitionen in die Gegend pries. Auf die Baukräne und Lkws, die wie riesige Insekten die Gegend belegten. Blickte auf die Stelle, jene Stelle, da wo einst Billy lag. Dachte an Maria, and Mutter. An Dave, der nun die Ecken putzte. An diese Gegend, meine Gegend, nun so abweisend, wie Feindesland, über Nacht verändert.

Aber dann wurde mir auch was anderes bewusst. Es ist egal, dachte ich. Du hast gemacht was Du machen konntest. Und Du hast es gemacht dachte ich. Hat halt nicht gereicht. Dann nahm ich die Schaufel und begann Abfallreste zusammenzukehren.

Auf einmal bog ein gelbes Lastenfahrrad um die Ecke. Ein älterer Mann, in rot-gelber Kleidung, sprang ab. Bitte hier unterschreiben, sagte er, drückte mir einen dicken Briefumschlag in die Hand und war wieder weg. Hoffentlich nicht noch ein dickes Anwaltsschreiben von

HKM Manninger, dachte ich. Ich riess das Päckchen auf. Im Umschlag steckten ein paar maschinengeschriebene Zettel, mit der Überschrift „Meine Aussage zu den Ereignissen am 1. Oktober,

Hafenstraße". Unterschrieben H.Z. Wanninger. Zwischen den Zetteln eine Videokassette. Nr. 31, roter Punkt.

Ich sprang in die Luft. Ballte meine Fäuste. Dann stopfte ich wieder alles in den Umschlag.

Ich nahm die Leiter und kletterte auf das Fabrikhallendach. Dort saß ich dann, mit meinem Umschlag, und schaukelte mit den Beinen. Dachte an das Tanzen in Arnies Keller heute Abend. Noch einmal tanzen, tanzen, bis die Knochen knackten. Blickte auf unser Hafengelände. Auf die Baukräne auf den Nachbargrundstücken und wie sie sachte nach links und rechts schwenkten. Auf unser Betriebsgrundstück, und die vor der Halle verbliebenen Eisenstangen. Auf Dave, der gerade aus der Halle den Drachen schob, unsere Eisenmaschine, die nicht mehr gebraucht wurde. Ich blickte auf den Weg, hin und her, den ich mit Billy immer zurückgelegt hatte. Dabei, ich hatte das Gefühl, Billy saß neben mir. Saß neben mir, im schwarzen Overall mit Baseballkappe, und schaukelte mit mir zusammen mit den Beinen. So saß ich da, und wartete auf Herrn Manninger.